2023
신춘문예 당선시집

2023
신춘문예 당선시집

시 : 박선민 황정희 권승섭 김혜린
민소연 이진우 이예진
시조 : 김미경 권영하 유진수

시인, 그 열망의 길 위에서

만해 한용운 시인은 『님의 침묵』에 이런 말을 남겼습니다. "나는 해 저문 벌판에서 돌아가는 길을 잃고 헤매는 어린 양이 기루어서 이 시를 쓴다."(「군말」) 시대도 다르고 상황도 많이 변했지만, 우리 시대의 시인들도 이와 같은 마음으로 시를 쓰고 있다고 믿습니다.

여기 열 분의 새로운 시인들이 있습니다. 시인이 되고자 시인을 열망하며 긴 밤을 지샌 시인들이 『2023 신춘문예 당선시집』에 있습니다. 이분들은 시단에 새로운 활력을 불어넣을 시인들이지만, 모두들 변치 않는 시인의 소명을 철저히 자각하며 우리의 마음을 빛나게 합니다.

시인은 낮고 낮아서 더는 낮을 수 없는 곳에서 자신의 영혼을 불태워 여린 온기 한 자락을 피워 올리는 사람이라고 합니다. 여러분께서 그들의 작품과 행로에 큰 관심과 사랑을 보내주시기를 소망합니다. 시인을 꿈꾸는 이들에게는 더없이 귀중한 공부가, 독자들에게는 따뜻한 마음의 휴식처가 되리라 생각합니다.

'신춘문예 당선'의 영예를 얻은 열 분의 시인들이 앞으로도 계속 시의 길 위에서 사고와 사색의 지평을 넓혀 가기를 기원합니다.

2023. 7.

〈문학마을 인문도서〉 기획위원회

2023 신춘문예 당선시집 차례

시조

2023
신춘문예
당선시집

시

버터

박선민

1997년 경기 출생
명지대 문예창착과 졸업. 한양대 대학원 재학
2023년 『경향신문 신춘문예』 시 부문 당선

ato1205@naver.com

버터

추우면 뭉쳐집니다
펭귄일까요?

두 종류 온도만 있으면
버터는 만들 수 있습니다
뭉쳐지는 힘엔 추운 거푸집들이 있습니다
마치 온도들이 얼음으로 바뀌는 일과 흡사합니다
문을 닫은 건 오두막일까요?

마른나무에 불을 붙이면
그을린 자국과 연기로 분리됩니다
창문 틈새로 미끄러질 수도 있습니다
문을 꽉 걸어 잠그고 연기를 뭉쳐줍니다
고온에 흩어지는 것이 녹는점과 비슷합니다
초록색은 버터일까요?

버터는 원래 풀밭이었습니다
몇 번 꽃도 피워 본 경험이 있습니다
어떤 목적들은 집요하게도 색깔을 먹어 치웁니다

이빨에 파란 이끼가 낄 때까지
언덕과 평지와 비스듬한 초록을 먹어 치웁니다
당나귀일까요?

홀 핀이 물결을 반으로 가릅니다
개명 후 국적을 바꾼 귤이 있습니다
노새는 두 마리입니다
한쪽의 양이 너무 많거나
갑자기 차가운 밖으로 밀려나면
두 개의 뿔이 돋아납니다
그래서 당나귀의 울음은 무게를 느끼지 못합니다
저울의 일종일까요?

버터는 뜨거운 프라이팬의 바닥에서 녹습니다
녹기 전에는 잠시
사각의 모양이었습니다
다방면을 갖고 있기도 합니다만
책상과 주로 이별에 쓰이는 인사를 닮기도 했습니다
안녕일까요?

아마도 그럴 것입니다

안녕의 모양은 제각각이라

한평생 뒤집어도 맞는 짝을 연속해 찾기란 어렵습니다

자신과 다른 모양을 가진 인사에

분명 트집을 잡고 있을 것입니다

부서졌군, 다른 말로 교체해달라는 뜻입니다

삐뚤어졌군, 새 말로 달라는 뜻이고요

밀항선을 타고

전 세계로 스며들었습니다

버터 한 덩어리에는 항로가 기록되어 있습니다

난파된 배에서 떨어져 부유하다가 유빙처럼 발견된 버
터도 있습니다

학자들은 이 유빙이 가로지른 국경선을 분석합니다

그리고 마침내 오랜 시간에 걸쳐

버터가 녹는다는 것을 발견했습니다

창문일까요? 아마도 그럴 것입니다

버터가 사각인 이유는

창문에 넣고 굳혔기 때문입니다

악천후를 뚫고 달리는 창문은

격렬한 속도입니다

빛의 속도

빛의 속도 끝에는
닿을 수 없는 거리가 있다고 들었다.

오렌지 하나가 굴러가는 속도 끝엔 열대의 날씨가 있다
고도 들었다.
분명 우리는 전체의 가장자리에 서 있으면서도
극히 일부일까.

들은 사실들은
들은 말의 끝을 뛰쳐나가고
그 뒤는 알 수 없는 사실들이 된다.

친구가 또 다른 친구에게
내 이야기를 했는데
시마네현의 어느 라면집에서 본 적이 있다고 했다고
했다.

빠른 것엔 느린 것이 붙어있다고?

그동안 내가, 네가 *끄고* 켠 불빛들은

가장 가까운 곳에서 가장 먼 곳을 생각한다.

네가 보낸 메일에서 닷새분의 그리움을 본다.

달리는 전차에 앉아있으면 내 피가 덜컹거리는 것을 느

낄 수 있다.

지난여름에 라디오를 빌려 간 친구는

뒤축이 닳은 슬리퍼를 들고 왔다.

지지직거리는 주파수의 잡음이 친구의 핏속으로 자꾸

들어온다고

자주 자신을 꺼 놓게 된다고 했다.

빠르고 멀고 지루한 진행

닿을 수 없는 거리를 뒤따라간다.

이름을 붙이면 신호가 된다고 해서

아주 긴 주소를 알려주었는데

소나기가 고스란히 내린 엽서를 받았다.

우산을 잃어버리는 일처럼

나는 결국

나를 놓칠 것이다.

생각해보면 상상할 수 없었던 곳에

와 있거나 지나간다.

도형의 혈액형

독일의 어느 마을에서 발견된
사람의 장기들은 모두
도형들로 채워져 있었다고 했다.

도형 하나가 빠진 설계들에선 구호들이 싹텄다고 했다.

인류는 설계 방식을 증명하기 시작했는데
고유한 성좌를 주장한 사람일수록
복잡한 도형으로 이루어져 있다는 걸 깨달았다.

고백하자면
나도 한때 빈칸으로 충만했었다.
지는 해 뒤쪽으로 굴러가는 타입이었고
절대로 무너지지 않는 무중력 신봉론자였다.

온실 속에서 자란 물방울 속에는 달팽이가 들어 있었다.
너는 참 쉽게 질 것 같다는 말을 들었을 땐
아무런 점수가 없는 사람도 있겠구나, 생각했다.

동그라미나 세모를 이해하지 못하는 사람들은 없을 것
이니까
　그것들을 한꺼번에 채워 넣으면
　내 편이 없을 것은 분명하다.

　또 고백하자면
　할머니는 끝들이 심각하게 닳아있었다.
　변형되고 있었다.
　종종 양 갈래의 말투로
　무뎌지다 만 각들을 뱉어냈는데
　대답을 다 써버렸는지
　물어도 대답하지 못했다.

　세모는 따가울 때 나는 소리
　정면의 무의식은 네모
　껍질을 덮은 이들은
　어느 쪽에도 내 편을 두지 않은 사람들일 것이다.

　반복되는 말끝을 모은다.

독일에서 발견된 사람의 소속은

새로운 행동 동맹 주의자 대원 중 하나였다고 했다.

할머니도 그들과 같은 종류의 행동주의자일까.

사과는 숫자를 씹어먹고

숫자는 시간을 집어삼키고

공복과도 같은 나이가 계속해 침을 삼키듯

조금씩 할머니를 삼키고 있다.

이사한 집에서 분실되었던 우편을 발견했다.

읽었던 색을 버린 적이 있는 모양을 사기 시작했다.

욕조를 들어내고

미지근한 사람을 다짐했다.

잃어버렸던 블록 한 개로

어느 곳의 빈틈도 메울 수 없는 울타리를 만들었다.

분명 나는 어느 쪽으로 더 기울어졌는데

어느 쪽으로든 굴러갈 수 있다고

무회전의 낭설을 피운다.

길을 잃고 무작정 걷던
내 발자국을 확인한 순간

도쿄에 도착한 첫날 길을 잃어버린 적이 있습니다. 서툰 언어로 길을 물어볼 생각이었지만 그 생각을 실천할 손짓, 발짓은 또 용기가 없었습니다. 제겐 아무것도 남아 있지 않은 상태였으니까요. 다행히 출발 전, 사진으로 보았던 건물의 모양을 기억하고 있었습니다. 내가 가는 방향이 맞는 길인지도 모르면서 일단 걷기로 했습니다. 그날은 첫눈이 내린 날이었습니다. 그래서인지 길을 잃은 걱정보다 첫눈에 설레었던 마음이 더 오래 남은 것 같습니다. 시 쓰는 일을 잠시 접어두면서 선택한 도쿄행이었습니다. 나쁜 버릇 중에 하나는 그게 무엇이든 생각이 깊어지면 무작정 선부터 긋고 보는 것입니다. 결국 그곳에서는 단 한 편의 시도 쓸 수 없었어요. 작은 방에 혼자 누워 있을 때면, 가족이나 집에 돌아가고 싶다는 생각보다도, 아무것도 변하지 않은 저를 마주할 자신이 없었습니다. 사실 다시 글을 쓰게 된 결심은 생각나지 않아요. 그저 돌고 돌아 다시 이곳으로 온 거 같아요. 시를 쓰는 건 잃어버린 길처럼 모르겠으면서도, 그러나 기어이 찾아가야 하는 곳 같다고 생각했었습니다. 다만, 당선 소식을 들은 이 순간이 그날의 첫눈 같다면 다행히도 헤맨 내 발자국을 내가 확인할 수는 있을 것입니다.

감사한 얼굴들이 많이 생각나는데, 이렇게 이름을 불러도 되는 건지 고민되었어요. 조금 어색하고 부끄럽지만 이렇게나마 표현해봅니다. 먼저 아빠, 엄마 저에게 먼 곳을 가르쳐주셔서 고마워요. 그리고 박시연, 나의 아토씨와 함께 기쁨을 나눌게요.

남진우 교수님, 박상수 교수님, 천수호 교수님, 편혜영 교수님 저를 지도해주신 모든 명지대학교 교수님들께 감사하다는 말씀 전하고 싶습니다. 곁을 함께해주는 우리 지원이랑 지은이 항상 고마워. 미쿠야 고마워. 그리고 제게 이런 기회를 주신 심사위원 선생님들께 고개를 숙입니다. 감사합니다.

기후위기·참사·불안…
시대의 문제를 관통한 감정들

　가파르게 변화하는 시대를 살아가며 시의 무력함을 실
감하곤 한다. 이런 시대일수록 무용하고 무력한 자리를 지
켜온 까닭에 존재의 위의(威儀)를 드러내는 시가 절실하다.
시를 읽고 쓰는 시간을 통과하며 우리의 존엄도 회복될 수
있기를 바라는 마음으로 시 부문 응모작들을 천천히 읽었
다. 이따금 시를 읽고 쓰는 일이 섬 같다고 느껴질 때가 있
었는데 응모작들이 내뿜는 열기 속에서 모종의 감정공동체
를 경험할 수 있었다. 기후위기의 문제, 재난과 참사에 대
한 애도의 문제, 청년세대의 불안, 가상세계에 대한 감각
등을 그린 시가 비교적 자주 눈에 띄었다.

　응모작 중 우리의 시선을 머물게 한 네 명의 작품을 좀
더 깊이 읽는 시간을 가졌다. 토론의 장에 올라온 시는 사
이의 '매트릭스(Matrix)' 외 4편, 한백양의 '피카레스크'
외 4편, 이자연의 '물과 풀과 건축의 시' 외 4편, 박선민
의 '버터' 외 4편이었다. 저마다 다른 매력을 드러내며 단
단한 자기 세계를 구축하고 있는 시들이었다. 사이의 시는
세계를 바라보는 주체의 시선에 신뢰가 가고 무심한 세계

에 상처 입은 주체가 던지는 발화가 매력적이었지만 아포리즘을 조금 줄여본다면 어딘지 익숙한 느낌을 덜어낼 수 있지 않을까 싶었다.

한백양의 시는 사람들 속에서 상처받으며 살아온 시적 주체가 포착하는 세계의 폭력성과 그 속에서 취하는 주체의 태도를 담담히 말하는 시선이 눈길을 끌었지만 자기 고백적인 말이 흘러넘치는 시들은 여백이 필요해 보였다. 이자연의 시는 나무와 풀과 건축과 물을 오가는 상상력이 흥미롭고 시적인 것을 포착하는 낯선 감각도 매혹적이었지만 참신한 비유의 매력을 상쇄하는 평이한 비유가 눈에 띄어 아쉬움이 남았다.

박선민의 '버터'는 뭉쳐지고 흩어짐, 얼음과 불, 저온과 고온의 대비적 상상력이 눈에 띄는 작품이다. 사각이었다가 물처럼 녹아버리는 버터의 속성을 포착해 펭귄, 오두막, 당나귀, 저울, 안녕, 창문으로 이어지는 낯선 상상력을 전개해 나가는 힘이 인상적이었다. 버터에서 출발해 종횡무진 경계를 가로지르는 상상력의 바탕에는 버터가 탄소발자

국이 많은 음식이라는 기후위기에 대한 인식이 깔려 있으
면서도 그것을 새로운 시적 상상력으로 풀어낼 줄 아는 감
각이 돋보였다. 다섯 편의 시가 고른 완성도를 지니고 있는
점도 믿음이 갔다. 말을 예민하게 다룰 줄 알고 상상력의
전개가 독창적이면서도 이 시대의 가장 첨단의 문제의식을
관통하고 있는 시를 발견할 수 있어서 기뻤다.

  인류세로 접어든 기후위기에 대응하는 시의 상상력이
요구되는 시대에 생태시의 한계를 넘어 새로운 시의 가능
성을 보여준 '버터'를 당선작으로 정하는 데 마음을 모았
다. 새로운 시인의 탄생을 축하하며 우리 시단에 또 하나의
빛나는 개성을 열어가기를 바란다. 예비 시인들에게도 쓰
는 자로 살아가는 한 머잖아 우리는 지면에서 만날 거라고,
쓰는 시간이 우리를 버티게 할 거라고 응원의 말을 전한다.

심사위원_ 황인숙·이경수·김행숙·송경동

구 일째

황정희

1962년 경북 영주 출생
2002년 월간문학 신인상 등단
제1회 경북여성문학상 중앙일보 시조백일장 장원
2023년 『농민신문 신춘문예』 시 부문 당선

hwh1227@hanmail.net

구 일째

구 일째 울진 산불이 타고 있다

한 할머니가 우사 문을 열고
다 타 죽는다 퍼뜩 도망가래이 퍼뜩 내빼거라 꼭 살거라
필사적으로 소들을 우사 밖으로 내몰고 있다

불길이 내려오는 화면을 바라보며
밀쳐놓은 와이셔츠를 당겨 다린다

발등에 내려앉은 석양처럼 당신은 다가오려 했고
나는 내 발등을 찍어 당신이 집나간 지도
구 일째

주름진 당신의 얼굴이 떠올라 매매 반듯하게 다리고 있
다

똑 똑
똑똑 똑똑
똑똑똑똑똑똑

빗소리다

쏟아지는 빗소리가 진화를 몰고 와
우산을 쓰고 돌아온 당신 속으로 질주하는 나는 맨발
날 밝아
체육관으로 피했던 할머니가 집으로 돌아갔을 때
다 타버린 우사 앞에서 할머니를 기다리는 소들의 모습
이 비쳤다

가끔은 연필을 깎고 싶을 때가 있다

연필을 깎는다
사각이며 깎여 나가는 소리가
한 사람이 멀리서 뛰어오는 발걸음 소리 같다
저문 안부가
보낼 때마다 하루를 긁적이게 하는 노을의 붉은 빛처럼 수북해져
연필이 깎여 나갈수록
내 생활의 변명처럼 흩어진 나를 그러모아

쓴다

백지 위에
수많은 말풍선들
두더지게임 하듯 여기저기 불쑥불쑥 튀어 오르다 사라지는 말들

꽃피고 계절 지는 동안
사람피고 인연 지는 동안
언제부턴가

허리를 굽힌 시간을 바로 눕히고
절름발이 그리움도 그리움이라고 칼끝에 닿는 연필심에
맥박이 뛴다

안부는 묻는 것이 아니라
먼저 들려주는 거라고

쓴다

시시각각 時時刻刻

어둠을 끄고 눈을 감는다
그러나 사람 없는 어둠은 여전히 밝다

그 밝음에 들어 스스로 태풍의 눈 속으로 들어서려 했
으나

긴 복도의 하이힐 소리
몇 개의 문을 지나 노란색 문 앞에서 멈춰 선다 사람에
대한 기다림이 종이비행기처럼 날다 떨어지고

굉음을 내며 지나가는 오토바이를 향해 괴성을 지르려
다 오가는 것을 틀어막고 수많은 소리를 틀어쥔다

어둠이 무성한 잎처럼 순식간에 자라

흔들리는 내가
흔들리는 비가 바람을 키운 걸까 바람이 비를 키운 걸까
모호해지는 흔들림들

한쪽 구석에 놓인 우산은 접힌 지 오래
펴질 수 있을까 우리의 한때처럼

어둠은
나를 죽이고 죽이려 해
끝내 나만 살아 죽은 척하고 있다

시시각각은 사람과 사람 사이로만 떨어진다는 걸 아무
도 모른다

"아낌없는 조언으로 이끌어준
스승·문우들에 감사"

흔들렸습니다.
하늘에서 땅속 뿌리까지
흔들리면 오는가 봅니다.
사랑도 따뜻함도 눈짓도 첫눈도 그리고 휴대폰……

소백산 아래 영주 고을이
무량수전 배흘림기둥이
무섬의 외나무다리가 흔들렸습니다

뜨거웠습니다.
잠깐의 순간이 나를 녹여 땅 속으로 흘러 뿌리를 찾아 엄마를 불렀습니다. 가장 추운 날 가장 뜨거운 맛을 보며 어느 시인의 시처럼 우물의 뚜껑이 닫히듯 눈을 감았습니다. 시조만 고집했던 저는 경희사이버대학교 문예창작학과를 다니면서 시를 쓰게 되었습니다. 김기택 교수님의 강의에 매료되어 시를 접하는 시간이 길어지기 시작했습니다. 교수님! 시를 만지고 먹고 보고 듣게 해주심에 감사드립니다.

넓은 사막의 모래바람과 맞서는 길 위에서 앞으로 가지도 뒤돌아서지도 못할 때 제 손을 잡아 이끌어주신 이돈형 선생님 너무너무 감사합니다. 그리고 함께 시를 흠뻑 패주던 시 깡패 문우들 고맙습니다. 제 시가 문우들에게 두들겨 맞아 조금은 말랑말랑해지나 봅니다. 지난 여름보다 이 겨울이 더 뜨겁게 느껴지는 건 내일이 있기 때문이겠죠? 늘 많은 조언으로 저를 이끌어 준 김분홍선생님 고맙습니다.

저를 믿고 묵묵히 기다려준 제 식구들, 그리고 한국문인협회 영주지부 회원들과 이 기쁨을 함께하겠습니다. 끝으로 제 손에 입김을 불어 넣어주신 나희덕, 장석남 심사위원 선생님께 누가 되지 않도록 정진하고 공부하며 쓰겠습니다.

감정 노출없이 넌지시 제시되는
새로운 시공 '매혹적'

분명 신춘문예는 축제다. 사는 일 곁에서 문학(시)을 알게 되고 배우고 쓰고 하던 사람들이 자신의 소출을 모아 제출한다. 소식을 기다리는 동안 마음속에서는 한창 운동회가 열렸을 것이다. 그렇게 축제는 지나간다.

그 가운데 단 한사람이 남는다. '구 일째' 외 4편을 보낸 황정희씨가 올해 당선자다. 축하를 보낸다.

투고된 작품들의 대체적인 경향은 '농민신문'이라는 제호를 염두에 두고 거기에 맞춤한 시들을 모아 보낸 것처럼 보였다. 그러나 그것은 오해다. 선자를 포함한 모든 독자는 매체 성격과는 별개로 단지 '문학(시)'을 발견하고 싶고 그것도 새로운 문학을 설레며 기다릴 뿐이다.

당선작을 포함한 다섯편 시 모두 잘 정제되어 있었다. 세상의 비극을 응시하되 그 현상을 자기 안에 끌어들여서 앙금으로 가라앉힌 모습이다. 얼핏 보면 아무 이야기도 아닌 듯하나 그 이면에는 들끓는 아픔과 성찰이 놓여 있다. 이즈음 떠도는 시들, 노래방 조명처럼 휘도는 언어의 쇄말 속에서 분명한 미덕이 아닐 수 없다.

산불을 만난 할머니가 키우던 소들을 우사 밖으로 내모
는 텔레비전 영상과 화자의 사적인 경험이 중첩되어 전개
된다든지 우연히 마주하게 된 싸움 구경에서 자신이 "아침
에 산뜻하게 다려준 청색 남방이 찢겨져 있는 ('지나쳤다')"
장면을 발견하고는 이내 모른 척 돌아서는 모습에서 독자
는 각각 처해진 삶의 조건 속에 숨어 있는 위선과 성찰을
동시에 발견하게 된다. 특별한 감정의 노출 없이 넌지시 제
시되는 이 새로운 시공(時空)은 음미해볼수록 매혹적이다.
앞으로도 이 시의 축제가 계속 이어지기를 바란다.

　'읽는 바닥들'과 '저수지의 집필방식' 등이 최종 토의 대
상이었으나 이른바 '운때'가 맞지 않아 아쉽게 되었음을 '굳
이' 밝힌다.

심사위원_ 장석남·나희덕 시인

묘목원

권승섭

2002년 경기 수원시 출생
안양예술고등학교 졸업
명지대 문예창작학과 2학년 재학
2023년 『동아일보 신춘문예』 시 부문 당선

circularcave@naver.com

묘목원

버스를 기다린다 신호가 바뀌고 사람이 오가고
그동안 그를 만난다

어디를 가냐고
그가 묻는다

나무를 사러 간다고 대답한다

우리 집 마당의 이팝나무에 대해 그가 묻는다

잘 자란다고
나는 대답한다

그런데 또 나무를 심냐고 그가 묻는다

물음이 있는 동안 나는 어딘가 없었다
없음이라고 말해도
좋을 것 같다

무슨 나무를 살 것이냐고 그가 묻는다

내가 대답이 없자
나무는 어떻게 들고 올 것이냐고 묻는다

나는 여전히 말이 없다
먼 사람이 된다

초점이 향하는 곳에 나무가 있었다

잎사귀로는 헤아릴 수 없어서

기둥으로 그루를 세야 할 것들이
무수했다

다음에 나무를 함게 사러 가자고
그가 말한다

아마도 그 일은 없을 것이다

언젠가 그를 나무라 부른 적 있었는데
다시금 지나가는 비슷한 얼굴의 나무는

아주 높은 울림

깊은 산꼭대기에는 커다란 종이 있다 청설모가 놀라 달아나는 종 밤나무가 덩달아 함께 우는 종 종종종 하고 우는 종이 있었다 종을 한 번 치면 건강을 기원하는 의미랬다 종이 울린다 건강해지기 위해 우리가 산을 오르는 동안 숨이 죽을 만큼 차오른다

다시 종이 울린다 종을 두 번 치면 앞날을 기원하는 의미랬다 한 치 앞을 모르고 우리는 걸어 올라간다 숨이 차도 대화는 쉬지 않는다 종을 어떻게 꼭대기에 가져다 놨는지 궁금하지 않아? 순간 머릿속이 하얘진다 세상엔 불가능과 가능케 하는 힘이 모두 있으니까

팻말 하나 없는 산길에서는 사람들이 만들어놓은 방향을 따른다 종소리를 향해 들어가고 있었다 종을 세 번 치면 행복을 기원하는 것이었고 그럼 우리는 네 번째에 의미를 붙이자

종소리와 말이 오간다 저기 바위가 보이는 곳에 앉자 쉬면서 주먹밥을 먹자 말하며 우리는 조금 더 힘을 낸다 다시

종이 울린다 이전 사람은 가고 새 사람이 종을 치는 듯하다 숨을 고른다 종을 때리는 소리가 간격을 만든다

종을 칠 거니? 묻자 다시 종이 울린다 끊임없이 소원을 빌면 모두가 부족함이 없겠지 옅게 웃으면서 넓은 음을 만들면서

맑은 소리 안쪽으로 들어가고 있었다

스튜

시간을 버리고 싶을 때가 있어요 울타리 바깥에서 내가 스튜를 끓이고 있습니다 너희는 숫자가 많고 모두를 먹여야 하니 커다란 냄비를 창고에서 꺼내온다 많은 닭의 목을 친다

발톱을 뽑아달라 말하는 너희의 입술과 두 손 닭의 발톱을 손에 쥔 너희가 뒤뜰로 달아난다 재료를 익히는 일에 잠시 집중한다 가끔 시간도 달아날 때가 있어요 제멋대로 발을 가져서 그 발에 발톱은 없어서

멀리 가지 못하지요 걸음을 쫓아가니 텃밭 당근이 머리를 내밀고 있습니다 햇살 아래 느릿한 오후를 너희라고 불렀습니다 너희도 느긋한 마음 가졌지요 너희는 도망치고 재잘거리며 시간을 버리고 두 볼이 달아오르고

채소와 고기가 익어가며 순해진다

마음대로 시간을 버릴 수 있다면 스튜를 끓이겠습니다 너희를 위한 것은 아니지만 불러봅니다 가지고 놀던 닭의

발톱을 풀숲에 내다 버리고 달려온다 품에 안겨 먹여달라 떼를 쓰는

　너희는 너무 많아 무릎에 모두 앉힐 수 없다 풀숲에 버려진 시간을 주워 조금씩 나누고요 뼈와 살이 너희 입술로 들어가고요

나무 그늘의 이름은 사랑

승섭이는 초록색의 시를 쓰는 것 같다고. 너의 시를 읽으면 너와 함께 있는 기분이 든다고. 너의 시를 읽고 오래도록 울었다고. 잔잔하고 고요한 산들바람을 맞는 것 같다고. 이야기해준 말들이 가장 먼저 맴돕니다. 시의 힘은 때때로 말의 힘보다 훨씬 크게 작용하는 것 같습니다.

보드라운 흙 속에서 발아를 기다리는 씨앗의 힘과 같습니다.

너무 섬세하면 예민해지는 구석도 생기기 마련이지만, 한 번 힘을 내면 높이 자라고 깊이 뿌리 내립니다. 그래서 시의 힘으로 살아가는 일이 제법 좋습니다. 겁도 많고, 자주 불안해하고, 연약한 마음을 가진 사람이지만 시를 통해 일종의 용기를 얻습니다. 그렇기에 시는 제게 놓을 수 없는 것이 되었습니다.

어린나무의 그늘 아래로 초대하고 싶은 사람이 많습니다.

시를 읽고 쓰는 기쁨을 느끼게 해주셨던 박경아 선생님, 시를 공부하는 첫 번째 길에 계셨던 배은별 선생님, 늘 따뜻한 마음으로 시를 이끌어주셨던 이지호 선생님 감사합니다. 저의 개성을 발견해주시고 믿음을 주셨던 김경후 교수님, 앞으로도 계속 시를 써나가 보라고 말씀해주신 남진우 교수님, 많이 칭찬해주시고 얼마 전까지도 꼭 시인이 되라고 말씀해주셨던 이영주 교수님, 섬세하게 시들을 봐주시고 저보다도 당선을 기뻐해 수셨던 전수호 교수님 모두 감사드립니다.

그늘을 조금 더 넓혀야 할 것 같습니다.

굴림, 느루, 절정 친구들에게도 고마움을 전합니다. 시를 사랑하는 사람들을 만나고, 시적인 것들을 채집하고, 시를 쓰는 모든 순간이 행복했습니다. C파트, A파트, B파트를 함께 했던 시전공 친구들에게도 마음을 전합니다. 전공실에서 함께 시를 읽고 쓰던 시간, 야외수업을 하며 웃던 시간, 작은 일에도 기뻐했던 시간 모두 소중한 기억입니다. 그리고 지금까지도 나를 사랑이라고 불러주는, 아가라고 불러주는 두 분께도 마음을 전하고 싶습니다. 사랑의 하나님께도 감사를 드립니다.

일곱 살의 승섭에게도 고마움을 전하고 싶습니다. 슬픔과 나비의 시를 놓치지 않고 써주어 고맙다고.

'체험의 일단'을 시적 상황으로
변환시키는 기량 뛰어나

올해 본심에 올라온 작품들의 두드러진 특징은 생활감 상문과 같은 시들이 많았다는 것이다. 물론 시는 생활에서 나온다. 소재를 취하고 정서를 진솔하게 표현하는 것도 시의 중요한 줄기가 될 수는 있을 것이다. 그러나 감각을 통한 변용과 깊은 사유의 맛이 결여된 감상은 넋두리와 소품에 그칠 뿐이다. 구성이 승했던 때에 작위가 문제였다면 지나치게 감상적인 진술은 절제와 엄밀함을 통해 독자에게 호소하는 시적 문장의 힘을 아쉬워하게 만든다. 다시 한번 감수성과 지성의 통합이라는, 현대시와 관련한 고전적인 경구를 떠올리며 본심에 올라온 작품들을 읽었음을 덧붙여 본다.

'히에로글리프'는 미술관에서의 감상을 시공을 넘나드는 사유로 확장시킨 것이 인상적이었지만 후반부 이후에 긴장감이 떨어지는 것이 아쉬웠다. '템플 스테이'는 일상에서 길어온 잔잔한 사유가 매력적이지만 마지막 대목에 있는 다소 이질적인 논평자적 마무리가 사족이 되고 말았다.
'묘목원'에 대한 숙고가 있었다. 투고된 작품들이 고른 수준을 유지하고 있는가를 고려함과 동시에 당선작으로 손색이 없는 한 작품을 내밀어 놓을 수 있는가에 대한 의견이 오고 갔다. 그 결과, 심사위원들은 과장과 작위가 없이 단정한 문장을 통해 체험의 일단을 문제적인 시적 상황으로 변환시키는 기량을 믿어보기로 했다. 누구에게나 있을 법한 사건에서 중층적인 의미가 배어나게 하는 시적 구성도 돋보였다. 군더더기 없이 완성도가 높은 작품이다.

심사위원_ 정호승 시인·조강석 문학평론가(연세대 국어국문학과 교수)

백자가 되어가는 풍경

김혜린

1995년 서울 출생
숭실대 문예창작학과와 동 대학원 문예창작학과 석사 졸업
2023년 『문화일보 신춘문예』 시 부문 당선

hselis11@gmail.com

백자가 되어가는 풍경

물레 위에서 점토를 돌린다
선생님은 마음의 형태대로 도자기가 성형된다고 말했다
점토가 돌아가는 물레가 있고
물레는 원을 그린다
물레가 빚어내는 바람이 원의 형태로 부드럽게 손을 휘
감는다

생각하는 동안 점토는 쉽게 뭉그러지고
도자기는 곡선이지만 원은 아닌 형태로 성형된다
가끔 한쪽으로 기울고 일그러진다

그러는 동안 창밖의 개들은 풀밭 위를 빙글빙글 돈다
꼬리를 쫓으며 도는 개의 주변으로 풍경이 둥글게 말
린다
부드럽고 단단한 개의 몸속에서 튀어나오려 하는 수백
개의 동그라미들

개들을 보면 사람은 마음속으로 무엇을 그리며 사는지
궁금해졌다

이 동네에 사는 사람들은 모두 잘 재단된 옷을 입고
같은 사이즈의 길을 걷는다

지도를 보지 않아도 언젠가 집으로 연결되는 길에서
길을 잃는 방법을 잃어버린 동네에서
구획이 잘 나누어진 길을 직선으로 가로지른다

어느새 공원은 개들이 풀어놓은 동심원으로 가득 찬다

나는 원을 그리는 법을 배운다
꼬리에 시선을 두고 여백에 시선을 두고 선에 시선을
두고

시선을 한 곳에 집중하면 더 많이 돌 수 있다
넘어지지 않을 수 있다

누군가 내 손끝과 반대쪽 손끝 사이의 거리를 잰다
선은 아름답게 구부러져 있다

원이 아닌, 모든 곡선을 그리고 있다

아직 백자가 어떤 모형으로 구워질지는 아무도 모르지
만
나는 정성 들여 유약을 칠한다

어디가 끝인지 알 수 없는 길에서
여기가 끝이라고 생각하는 사람의 마음은
희고 맑다

어느새 풍경은 백자가 되어 있다

거미는 눈이 8개니까,
모든 것을 이해할 수 있다

거미가 허공에 발을 디디며 투명을 이해한다

거울에서 겨울까지
겨울에서 거리까지

발 디딘 곳마다
투명한
투명한 공간을 짓는 거미

본다는 것은 이해한다는 것과 같아서
나는 거미가 집을 짓는 마음을 이해한다

허공에 자아낸 공간 속으로
내가 가질 수 없는 날들이 날아든다
대설주의보와 불 켜진 집, 연착되지 않는 열차들이

한 번도 가져본 적 없는
눈 내린 적 없는 겨울을 가지고 싶으면 어떡하지?

눈이 부족해 거리를 다 담을 수 없는 나는
가질 수 없는 것들의 테두리를 내내 덧그린다

거미는 구석에서 구석까지
발을 디딜 수 있는 공간에서 공간까지
위태롭게 집을 걸어놓고
내가 발 디딜 수 없는 곳으로 선너가고

가끔 시야 밖에서 거리와 폭설은 조용히 무너져 내린다

눈 뒤에 사는 일은 무섭지 않다
무너지기 위한 왈츠를 배우는 일은

외곽에서만 자라나는 꿈도 꿈이고
우리가 가질 수 있을 것만 같던 집을 자꾸 그리면

수백 겹의 거울 속에는 또 내가 산다

거울 속의 나는 어느새 거미처럼 눈이 늘어나 있다
눈 속에서 붉은 열매가 속살처럼 터져 나온다

이 불빛은 누군가를 재울 수도 있는 공간이라
그 속에는 나도 살고 있다

우리가 지난여름
눈 뒤에 걸어두고 갔던 빛이
아직 거미줄 위에 아슬아슬하게 남아있다

실재와 실제의 백합

날려 보낸 연기가 구름 너머로 가지 않는다
우리는 공장을 따라 걷는다
연기가 얼굴을 덮는다
우리는 입김을 불어 연기를 비닐하우스 쪽으로 날려 보
낸다
비닐하우스 안에서 배추들은 흰 속살을 내보이며 자라
고 있다

그것은 한때 우리의 입김이었다

멀리 유리온실에서 백합은 창백하게 자라나고 있을 것
이다
연기처럼 구름처럼
믿을 수 없게

백합과 배추 사이
구름과 연기 사이
우리가 불어넣은 입김이 무럭무럭 자라나는 도시 외곽
사람과 사람 사이

누군가 생각하다 두고 간 수식들이 또다시 풀리는 수
학과
누군가 잼을 넣고 누군가 뚜껑을 닫는 공장 사이

우리는 어느새 실재적인 사람으로 잘 만들어진다
만들어지는 물건들과 보내지는 물건들은 쓸모가 있다
비둘기가 여기 있다
비둘기가 날아간다
유리온실은 먼 곳에 있다
백합들이 가득한 유리온실에 가고 싶다
내가 새라면
유리온실 안에 배치된 여성과 대리석 오브제 육체와 곡
선 가슴 흰 다리와 발목 손목 곧은 척추뼈를 가지고 싶다
내가 정말 여성이라면

유리온실에서
한 줄기에서 자라난 백합 송이가 서로 다른 곳을 바라
보고 있다
끔찍해서

서로 얼굴을 마주하기 싫어하는 가족처럼

백 가지 할 말이 있었는데, 말은 희지 않았는데
흰색이 아닌 백합이 더 많은 걸 알고 있니?

어떤 딸들은 돌연 먼 도시로 떠난다
여기는 아무도 없으니까

유리온실에서 백합이 자라난다

비닐하우스의 배추들은 시장으로 옮겨진다
시장바닥에 떨어진 이파리를 사람들이 밟고 지나간다

다시,
연기가 피어난다

겨울이면 우체국 소포로 김치가 배달된다
그것은 한때 우리의 입김이었다

보고자 마음먹으면
티끌에도 우주가 보여

오늘은 눈이 내렸습니다. 눈이 내리면 집 앞을 쓸어야 하지만, 저는 여전히 눈은 좋은 소식이라 생각해요. 투고하던 날에는 할머니가 꿈에 나왔습니다. 그런 것들이 좋은 징조 같다고 생각했습니다. 하지만 지금까지 이런 징조들에 배신당한 적이 너무 많아, 그냥 내리는 눈을 구경하며 일이나 하자, 생각했습니다. 그리고 믿을 수 없게 당선 소식을 알리는 전화가 걸려왔습니다.

당선이 된다면 멋진 말들을 늘어놓고 싶었는데, 그건 아무래도 저와 거리가 먼 것 같아 그냥 제 얘기를 하겠습니다. 아주 어릴 적부터 시인이 되고 싶었습니다. 이번이 신춘문예에 투고한 지 10년째 되는 해입니다. 나이를 먹을수록 태연해지면 좋을 텐데, 저는 그렇게 멋있는 사람이 아니라, 해가 갈수록 조바심을 내고 전전긍긍하며 보냈습니다.

간절히 무언가를 발견하기를 바라며 풀숲을 들여다보고, 밤이 될 때까지 공원의 오리들을 지켜보고, 낯선 도시의 낯선 역에 내려서 헤매도 보고. 무언가를 계속 찾아다녔습니다. 너무 간절한 꿈이었는데, 꼭 내가 되고 싶었지만, 또 꼭 나일 이유는 없어서. 그저 쓰고 또 썼습니다. 이룰 수 없는 꿈도 꿈이라 생각하며, 꿈을 미워하지 않기 위해 노력했던 나날들이었습니다. 그 사이에 또 출근을 하고, 밥을 먹고, 시를 쓰고, 시를 아는 척도 해보고. 이해하는 척도 해보고.

그러니까 시는 참 어려운 것 같습니다. 보고자 마음먹으면 작은 티끌 하나에서도 우주가 보이고, 보고자 마음먹지 않으면 드넓은 우주에서 작은 티끌 하나도 보이지 않으니까요. 제게 시는 한 번도 쉽게 다가온 적이 없지만, 그럼에도 불구하고 너무나 사랑하는 존재였습니다. 시가 무엇인지는 여전히 잘 모르겠습니다. 다만 제게 다가오는 무언가, 제가 보는 무언가가 시라고 믿으며 계속 쓰겠습니다. 멈추지 않고 계속 쓰면 그게 무언가가 될 수도 있을 거라 생각합니다.

아직 앞으로 어떤 시들을 쓰게 될지 모르겠지만, 백자를 굽는 마음으로 정성 들여 쓰겠습니다. 제게 다음, 다음으로 넘어갈 수 있는 기회를 주신 나희덕 선생님, 박형준 선생님, 문태준 선생님 감사합니다. 사랑하는 사람들에겐 조만간 눈처럼 좋은 소식과 함께 연락하겠습니다. 다만, 소식을 전할 수 없는. 할머니, 아버지. 당신들이 내게 준 이름이 여기에 있어요.

'마음의 형태'를 부드러운 조형미에
빼어나게 견줘

시 부문에 응모한 작품들을 세밀하게 읽었다. 작년에 비해 응모 편수는 조금 줄었지만, 응모작들의 수준은 높다는 데에 심사위원들은 의견을 같이했다. 일정 수준 이상의 작품들이 많아서 우열을 가리기 어려웠다. 응모작들은 개인적 서사를 시로 풀어낸 작품들의 비중이 컸는데, 이 작품들을 통해 삶의 질곡과 통증, 소통의 회복에 대한 열망을 느낄 수 있었다. 시적 모티프로 폐점과 채무, 구직과 고된 노동 등이 두드러지게 눈에 띄어 이 시대를 살아가는 사람들의 곤고한 일상을 체감할 수도 있었다. 심사위원들이 마지막까지 주목한 작품들은 '행방' '비광' '인공눈물' '어린이는 자란다' '백자가 되어가는 풍경'이었다.

'행방'은 외할머니의 부음을 들은 시적 화자의 내면을 담담하게 노래한 작품이었다. '귤' 냄새로 외할머니에 대한 기억을 이미지화하는 능력이 뛰어났고, 마음의 누선을 건드려 뭉클했다. 도입부가 다소 평이해서 아쉬움이 있었다.

'비광'은 삼촌이 겪은 비탄의 내용을 기록한 작품이었

다. 가게 구조와 "오 도씩 기울어진 화장실"에 대한 정밀한 관찰과 묘사가 돋보였다. 그리고 그것을 삼촌에게 곧 닥칠 절망에 대한 어두운 암시로 유효하게 연결시켰다. 개인적 체험을 보다 보편적으로 확장했다면 좋지 않았을까 싶었다.

'인공눈물'은 함께 보내온 다른 시편들에 비해 새로웠다. 사물을 결합해서 정서를 만들어내는 신선한 솜씨가 있었다. 이 작품은 영화를 보며 "울지 않는 사람"이 되려고 애쓰는 화자의 행위를 통해 오히려 우리의 가슴에 있는 공통의, 애련(哀憐)의 감정을 발견해내는 작품이었다. 그러나 "돌려놓을 수 있는 모양은 없어요"와 같은 표현에서처럼 모호한 진술이 더러 있었다.

'어린이는 자란다'는 성장기를 다뤘는데 자아와 가족과의 관계를 진솔하게 표현해 감동적이었다. 시행의 경쾌한 보법도 인상적이었다. 서사가 길어지면서 긴장감을 상쇄하는 점을 보완할 필요가 있었다.

고심 끝에 심사위원들은 '백자가 되어가는 풍경'을 당선작으로 뽑는 데에 동의했다. 우선 이 작품을 포함해 응모한 작품들의 수준이 고르고 안정적이었다. 산문적인 느낌이 없지 않았지만, 생신(生新)한 이미지와 사유의 쌓임이 특별하게 만들어낸 시구들이 곳곳에 보석처럼 박혀 있어서 시를 견고하게 지탱하고 견인해낸다는 생각을 갖게 했다. 특히 당선작은 맑고 투명한 시선으로 마음속에 있는 깨끗한 서정을 빚어내는 데에 탁월한 능력을 보여주었다. 단순하게 도자기를 빚어내는 경과를 보여주는 것이 아니라 구획된 직선과는 대별되는 곡선과 둥긂을 지향하는 마음의 형태를 백자의 부드럽게 굽은 조형미에 빼어나게 견주었다. 이러한 안목과 감각이라면 앞으로 시단에서 자신만의 육성을 산뜻하고 묵직하게 표출할 신예라는 데에 깊은 신뢰와 기대를 갖게 했다. 당선을 축하드린다.

심사위원_ 나희덕·문태준·박형준

드라이아이스-결혼기념일

민소연

2002년 출생
한양여자대학교 문예창작과 졸업
서울예술대학교 문예창작과 재학
2023년 『세계일보 신춘문예』 시 부문 당선

soyeon887@naver.com

드라이아이스 - 결혼기념일

평생 함께하겠습니다
짙은 약속을 얼떨결에 움켜쥐었을 때
새끼손가락 끝에 검붉은 피가 모였을 때

치밀한 혀를 가지게 될 거라는 걸 알았다
어떤 밤엔 마침내 혀를 쓰지 않고도 사랑을 발음했다

뱉혔넌 울음소리가 몇 방울 벌어지고
태어나고

수도꼭지를 끝까지 잠갔다
한밤중엔 그런 소리들에 놀라서 문을 닫았다
너무 규칙적인 것은 무서웠다 치열하게
몸을 움직이는 초침 소리나
몸을 웅크린 채 맹목적으로 내쉬는 너의 숨소리가 그
랬다

거듭 부풀어 오르는 뒷모습을 보면서 호흡을 뱉었다
어쩌면 함께 닳고 있는 것 같았다

박자에 맞춰 피어오르는 게 있었다 입김처럼
희뿌옇고 서늘했다

숨을 삼키다 체한 밤이면 너를 깨웠다
내기를 하자고 했다
누가 더 먼저 없어질 것 같은지에 대해
오래도록 생각해보자고 했다 너와 나는 모두
내가 먼저일 거라는 결론을 내려서

우리는 오래도록 같은 편이 되었다
내가 죽은 척을 하면 너는 나를 끌어안았다
서로의 등 뒤에서 각자의 깍지를 움켜쥐었다
영원한 타인에 대해 생각했다
손끝에 짙은 피가 뭉치면

동시에 숨을 전부 내쉬었다

품 안에서 녹는 게 아무것도 없었다
살갗이 들러붙었다

머리맡에 펼쳐둔

밤이 진부해졌을 때 우리는
우리가 겪지 않은 일들을 이야기하기로 했다 겪어본 것
처럼

— 키우던 고슴도치가 툭하면 앓는 거야. 생긴 건 안 그
러면서, 튼튼할 것처럼 생겨놓고 그러는 거야. 밥도 안 먹
고 몸도 벌벌 떠는 거야. 털도 빠지고. 그래서 아프지 좀 말
라고 소리를 질렀어. 믹 울면서 야단쳤어. 그랬더니 몇 번
휘청이다가 죽었어.

— 꿈을 꿨거든. 이 리터 생수 여섯 병씩을 양손에 들고
모르는 길을 걷는 꿈. 어딜 가는지도 모르겠는데 가야 할
곳이 있다는 건 분명했어. 팔이 저리고 욱신거려서 물병을
내려놓고 싶었는데 그럴 수가 없었어. 그곳에 가야 했으니
까. 도착해야만 이걸 내려놓을 수 있으니까. 그러다 중심
을 잃어서 깨어났거든. 내가 벌서는 중이었더라. 양팔을 든
채로 잠이 든 거였더라. 신기하지 않아? 온몸에 힘을 주고
도 잠을 잘 수 있다는 게. 꿈을 꾸는 동안 팔을 한 번도 내
려놓지 않았다는 게.

- 성실했던 거지.

- 그렇지.

- 동생이랑 흔적기관에 대해 얘기하다가 싸운 적이 있어. 귀를 움직일 수 없게 된 게 진화인지 퇴화인지에 대해. 분명히 퇴화인데 동생은 자꾸 진화래. 결과적으로는 그렇대. 쓸모가 없어져서 기능을 상실한 건 효율적인 거래. 결과적으로 이날 우리는 서로에게 발길질했어. 이날 우리의 관계는 퇴보했을까? 결과적으로는 진보했을지도 모르지. 아니 아직 결과가 나지 않았는지도 모르지. 우리가 죽어서야 결과를 말할 수 있을지도 모르지. 그렇다고 죽은 뒤에 결과를 논할 수는 없지. 결과적이라는 말은 대체 언제 써야 하는 거야?

- 베란다에서 이불을 털다가 떨어져 본 적 있어. 결과적이라는 건 이럴 때 쓰는 말이지. 결과적으로는 떨어졌어. 더 이후의 결과를 말하자면 그렇게까지 다치지는 않았어.

- 그렇구나. 결과적으로 떨어졌다고 해야 할지 결과적으로 괜찮았다고 해야 할지 도통 구분할 수가 없구나. 결과라는 건 정말 모호한 거구나.

베개 위로 물을 엎질렀다
누운 채로 물을 마시려던 중이었다

함께 흥건해진 네 얼굴을 바라보다가
돌아누웠다
이상했다, 우리가 함께 물을 맞을 거리에 있었다는 게

더 깨어나야 할 꿈이 있는지도 모를 일

물컵을 쥔 양손이나 내가 너를 생각하는 마음처럼
헐겁지만 오래 잡아두고 있는 것

아직 많은 것이 그대로였다

떨어뜨리지 않고 잠을 잘 수 있다

여름이 가지 않는다 오래도록

　약속대로 나는 이 공원에 왔다 어제 못다 한 이야기를 하기 위해 어제와 같은 자리로 향한다 벤치 뒤편에만 나무 그림자가 생기는 오후

　나무 그림자에 조금도 가려지지 않은 몸이 거기 있고
　네가 오랜만이라고 인사한다
　그건 나한테 하는 인사인 것 같다

　하루만의 재회가 어떻게 오랜만일 수 있는지 생각한다

　너는 눈썹 앞머리를 들썩이며 나를 보고 있다 왜 이제 왔어? 적당한 말이 떠오르지 않아 모르겠다고 대답한다
　오랜만이라고 생각하니 애틋해진다 오랜만의 재회라 서로가 서로에게 서투르다

　- 그동안 뭐 하고 지냈어?
　- 집 가서 화분에 물 주고 씻고 잤어 일어나서는 다시 씻고 시든 화초를 버렸어
　- 어떻게 나를 세 번이나 버려?

내가 믿는 어제는 아주 오래전의 일일지도 모르겠다고 생각한다 어쩌면 나의 기억에만 어제와 오늘 사이에 커다란 공백이 생겨버린 것… 그렇다면 얼마만 한 크기인지? 너에게 오랜만이라면 언제인지? 공백 사이에 우리의 만남이 세 번이나 있었는지? 나의 어제는 일 년 전쯤이었을지? 혹은 일주일 전인지? 사실은 정말로 하루 전인지?

눈동자를 이리저리 굴리는 동안 너는 다신 가지 마… 되뇌고 있고 나는 어떤 죄책감에 휩싸인다 사람을 세 번이나 버린 게 정말로 나라면 정말로 미안할 일이다 미안하지… 미안해… 사과하다가

왜인지 버려진 느낌이 든다 사람을 네 번씩이나 버려 놓고 그런 생각을 한다

어제 못다 한 이야기도 이런 것이었다… 그런데 우리가 사랑을 했어?

네가 떠난 자리에서 발을 몇 번 구른다

"부족함 많은 글
가능성 열어줘 감사합니다"

문득 거울 속에서 낯선 사람과 눈이 마주칠 때가 있다. 글을 쓰겠다는 건 그런 거울을 자꾸만 닦겠다는 것이었다. 익숙하지 않은 기분이 들 때면 그날의 감정을 글로 정리하는 습관이 있었다. 그러고 나면 나를 똑바로 쳐다볼 수 있게 되었고, 더는 그 기분이 낯설지 않았다. 어느 날부터는 내가 들어 있지 않은 글을 썼다. 나와 같은 감각을 공유하는 인물만이 거기 있었다. 나의 글 속에서 나라고 우기는 인물들이 나 대신 선명해지고 있었다. 그때부터 나는 나의 글을 시라고 부를 수 있게 되었다. 가끔은 내가 시라고 부르는 것들이 나 혼자만의 꿈속에 있는 것일지도 모른다고 생각했다. 잠에 덜 깬 상태로 침대에 누워 있는데 당선되었다는 전화를 받았다. 소식을 듣자마자 졸음이 한 번에 달아났는데도 도통 정신이 또렷해지지 않았다. 조금 전 꿈에 있을 때보다도 실감이 안 났다. 축하해주시는 기자님께 내가 무슨 말을 하는지도 모른 채 감사 인사를 드렸다.

부족함 많은 글에 가능성을 열어준 심사위원님들께 감사드린다. 덕분에 나의 글이 혼자만 믿는 꿈은 아니라고 생각하게 되었다.

일기로만 남을 수 있던 글을 믿고 시가 될 수 있게 만들어준 이희진 선생님과 시를 통해 더 넓은 시야를 갖게 해준 장석남 교수님, 권혁웅 교수님께 감사드린다. 나보다도 나의 글을 의심하지 않고 응원해주며 매주 스터디를 함께한 우리 학교 언니들과 친구들에게도 감사와 응원을 전한다. 당선 소식을 알고 "내가 된 것도 아닌데 손이 다 떨린다"면서 기쁨을 함께해준 친구들을 비롯해, 당선의 기쁨만큼이나 축하의 기쁨으로도 가득하게 해준 모든 분에게 무한한 감사를 드린다. 마지막으로 매번 나의 선택을 믿고 지켜봐준 가족들에게 감사 인사를 전한다.

"착상·비유 안정적 구현…
서늘한 감각 탁월"

2023년 세계일보 신춘문예에 많은 작품이 응모되었다. 심사위원들은 예심을 거쳐 올라온 여러 편을 함께 읽어가면서 일부 작품이 만만찮은 공력과 시간을 쌓아온 성과라는 데 공감하였다. 대상을 좀 더 일상 쪽으로 구체화하여 타자들을 관찰하고 해석한 결실도 많이 보였고, 경험적 구체성에 정성을 쏟아 내면의 정직한 기록이 되게끔 한 사례도 많았음을 기억한다. 이 가운데 심사위원들이 주목한 이들은 모두 세 분이었는데, 김운, 노수옥, 민소연씨가 그분들이다. 오랜 토론 끝에 결국 민소연씨 작품을 당선작으로 결정하였다.

김운씨의 '여름의 앙카'는 흰 눈과 붉은 꽃의 색상 대조가 고양이와 말의 상상적 모자이크를 뛰어난 감각적 이미지로 승화하는 데 기여하면서, 충격과 반응으로 연쇄해가는 감각 운동이 진정성과 독자성과 연관성을 두루 지니고 있다고 평가되었다. 노수옥씨의 '가난한 접시'는 밀도 높은 기억과 표현이 마지막까지 특징으로 거론되었다. 오랜 향기와 시간으로 둘러싸인 아버지의 접시를 다룬, 구체적 기억 소묘의 집중성을 보여준 작품이었다. 당선작으로 선정된 민소연씨의 '드라이아이스'는 전언의 구체성과 표현의 개성, 착상과 비유의 구현 과정이 매우 안정된 역량을 보여주었다고 평가되었다. 특별히 드라이아이스가 가진 물리적 속성과 사랑의 제도적 결실인 결혼의 상징적 속성을 연동하면서 펼쳐낸 희뿌옇고 서늘한 감각이 탁월하게 다가왔다. "영원한 타인"과 살갗이 들러붙는 과정을 발견한 순간이야말로 '결혼기념일'의 가장 큰 페이소스이자 빛나는 선물이 아닌가 생각되었다.

당선작으로 뽑히지는 못했지만, 저마다의 개성적 언어로 자신만의 언어적 성채를 이룬 경우가 많았음을 덧붙인다. 응모자 여러분의 힘찬 정진을 마음 깊이 당부드린다.

심사위원_ 안도현·유성호

■ 조선일보 | 시

멜로 영화 /
홈커밍데이

이진우

1988년 서울 출생
경희대 연극영화과 졸업. 영상 촬영 프리랜서
2023년 『조선일보 신춘문예』 시 부문 당선

bboy238@naver.com

멜로 영화

서른다섯 번을 울었던 남자가 다시 울기 시작했을 때 문
득 궁금해집니다

사람이 슬퍼지려면 얼마나 많은 복선이 필요한지

관계에도 인과관계가 필요할까요

어쩐지 불길했던 장면들을 세어보는데

처음엔 한 개였다가 다음엔 스물한 개였다가

그다음엔 일 초에 스물네 개였다가 나중엔 한 개도 없
다가

셀 때마다 달라지는 숫자들이 지겨워진 나는

불이 켜지기도 전에 서둘러 남자의 슬픔을 포기해버립
니다

이런 영화는 너무 뻔하니까

안 봐도 다 아는 이야기니까

이 사이에 낀 팝콘이 죄책감처럼 눅눅합니다

극장을 빠져나와 남은 팝콘을 쏟아 버리는데

이런 영화는 너무 뻔하다고

안 봐도 다 아는 이야기라고

누군가 중얼거립니다

이런 얘기들은 등뒤에서 들려오곤 하죠

이런 이야기들의 배후엔 본 적도 없는 관객을 다 아는
세력이 있죠

문득 다시 궁금해집니다

뻔한 것들엔 아무 이유도 없는지

안 봐도 안다는 말에 미안함은 없는지

우리의 관계는 상영시간이 지난 티켓 한 장일 뿐이므로

텅 빈 극장엔 불행과 무관한 새떼들이 날아다니고 있
을테지만

그것들은 다른 시간대로 날아가지 못합니다

가끔 이유 없이 슬픈 꿈을 꾸기도 합니다 사랑하고 있
을 때도 그랬습니다

홈커밍데이

이름을 부른 것도 아닌데
여름이 온다

어른이 되기도 전에 벌써
우리가 상상도 못했던 감각들이 유빙처럼 떠내려갔지
애인을 기다리며 마시는 커피의 얼음이 녹는 속도라든
지 그 사람과 이별한 후 마시게 될 맥주의 온도라든지
우리는 우리의 이마와 코끝이 얼마나 가까운지도 알지
못했지
앨범에 넣어둔 사진이 눅눅해지는 건지도 몰랐지
그때 네가 입고 있던 반팔 티는 무슨 색이었나
벽지에 말라붙은 모기의 핏자국을 보면서 나는 그런 생
각을 했다

장마처럼 햇볕이 쏟아진다
운동장엔
새로 자란 그림자들이 무성하다
다음 여름도 그랬으면 좋겠다
여름이 오는데

여름에 죽은 친구의 얼굴이 기억나질 않는다

이미지 라인

당신과 나는 마주보고 있습니다
당신과 나는 마주보고 있다는 믿음이 있습니다
우리 안에는 없습니다
우리 밖에서 우리를 구경하는 사람들에게 있습니다

몰입에도 법칙이 있습니다
감정만으론 부족하죠
당신과 나,
나와 당신으로 존재할 것
우리는 곤란합니다
우리는 내내 우리를 우리라고 부르는데
필요한 건 당신의 왼쪽 어깨 너머의 나,
나의 오른쪽 어깨 너머의 당신

시선에 의해 당신과 나의 위치가 결정됩니다
시선을 위해 나와 당신의 위치는 결정되어야 합니다
시선은 그렇게 고정됩니다
곁눈질은 보는 사람을 불안하게 만드는 힘이 있습니다*

마침내 넘어가면 안 되는 선 하나

선 넘지 말라고들 하는데, 그것도 파워랄까**

그 힘으로부터

몰입이 시작됩니다

왜 우리의 한쪽 어깨는 늘 비어 있는지

아무도 궁금해하지 않지만

반대편 사정 궁금한 사람이 몇이나 되겠어요

몰입이 끝나면

우리는 이차원에서 벌어진 사건에 불과합니다

감정은 일차원적으로 소비되겠죠

객석은 삼차원 안에 시선처럼 못 박혀 있습니다

고작 선 하나일 뿐인데 차원 하나를 훔쳐가다니, 세상에

전부 카메라가 꾸민 일입니다

*박준 「모래내 그림자극」에서 인용하여 재구성한 문장.
**황지우 「뼈아픈 후회」에서 인용하여 재구성한 문장.

살갗이 있고 피가 도는
'살아있는 詩' 써나갈 것

운이 좋았습니다.

겸손도 아니고 그것을 가장한 교만도 아니고, 진심으로 그렇게 믿고 있습니다. 앞으로 살아가면서 마주하게 될 행운들을 지금 다 써버린 건 아닌지, 그래서 남은 인생을 불행하게 살게 되는 건 아닌지, 걱정되기까지 합니다.

감사한 분들의 이름부터 불러 보겠습니다. 사랑한다는 말 이외의 다른 말은 떠오르지도 필요하지도 않은 가족들, 대학 시절부터 지금까지 늘 감정을 충만하게 해주는 Bass-ment167의 멤버 철하와 봉겸이, 지금 제가 일하는 분야에서 자리 잡을 수 있게 도와주신 도원이 형과 종상이 형, 조금 많이 먼 곳에서 지켜보고 있기를 바라는 지훈이, 그리고 제 부족한 시들의 첫 번째 독자가 되어 주신 유계영 시인, 서효인 시인, 박준 시인, 김기택 시인, 장석주 시인께 감사의 말을 전합니다. 그 누구에게보다, 서른이 넘은 나이에 하고 싶은 일을 하겠다며 고집부리던 아들을, 그 일을 하다 허리를 다친 아들을, 그래서 몇 달째 생활비조차

주지 못하는 아들을 항상 사랑해주는 엄마에게, 가장 큰 감사의 말을 전합니다.

　시를 쓸 때마다 늘 괴로웠고 열등감에 시달렸습니다. 제가 보았던 시들은 사람의 얼굴을 하고 있었기 때문입니다. 살갗이 있었고 피가 돌았습니다. 알아들을 수 없는 외국어로 말하고 있던 순간들조차도, 그 얼굴들이 짓던 표정들은 언어마저 가로질러 기어이 와닿고야 말았습니다. 저에겐 뼈밖에 없었습니다. 살아 있지도 않은 뼈다귀들을 붙잡고 억지로 움직여 보면서, 때로는 복화술로 살아 있는 척하면서, 진짜로 살아 있는 시들을 질투했습니다. 솔직히 고백하자면 아직도 자신이 없습니다. 언젠가는 열등감도 질투도 없이, 시를 쓰고 싶습니다. 다시 한번 이 기회를 주신 모든 분들과 모든 우연들에게, 어쩌면 우연으로 착각하고 있었을지도 모를 모든 인연들에게, 감사의 말을 전합니다.

"당선자가 시집을 낸다면
누구보다 먼저 살 것이다"

최종심에 오른 열세 분의 작품들이 취업 절벽, 사회 양극화, 저출산, 이주 노동, 기후 재난 같은 사회의 현안을 제치고 기분에 쏠린 현상은 우리를 놀라게 한다. 기분이란 미시적 영역에 천착한 시편들을 읽으면서 이것이 이번 신춘문예의 공동 주제인가, 하는 의구심마저 품을 지경이다. 현실에 반향하는 내면의 메아리이고, 생의 사소한 기미를 머금은 감정 생활의 한 조각이라는 점에서 기분을 배제할 이유는 없겠지만 이 쏠림은 다소 염려스럽다. 이것이 타인의 고통에 무관심한 오늘의 비정한 세태를 반영한 징후이고, 자기애의 과잉 때문이 아닌가 하는 노파심 탓이다.

그렇다면 이 사소한 감정의 굴곡인 기분이 어떻게 시의 모티브가 되는가를 눈여겨볼 수밖에. 먼저 경험과 이미지 사이 표면 장력이 작동하는 힘이 느슨한 시, 얕은 경험과 조각난 이미지의 흩어짐으로 끝나는 시, 감각적 명증성을 견인하는 데 실패한 시를 걸러냈다. 최종으로 남은 '멜로 영화' 외, '손자국' 외, '연안' 외 등등은 좋은 시는 "운명을 동봉한 선물"(파울 첼란)이라는 점을 떠올리게 한다. 생의 변곡점일 수 있는 순간을 강하지도 약하지도 않게 그러쥐고 모호함을 뚫고 나오는 시적 명증성을 붙잡은 한 응모자의 '멜로 영화' '홈커밍데이'를 당선작으로 뽑는다. 이 시들은 범속한 생활 감정을 의미가 분광하는 이미지로 빚어낼 뿐만 아니라, 자연스런 언어 감각과 섬세한 느낌의 표현은 시의 풍부화를 이루는 데 보탬이 되었다. 숙고와 머뭇거림에서 길어낸 사유를 자기의 리듬에 실어 전달하는 능력, 능숙한 악기 연주자가 악기를 다루듯이 시를 연주할 줄 안다는 것은 분명 귀한 재능이다. 이 응모자가 첫 시집을 낸다면 서점에서 누구보다 먼저 시집을 구입해 읽고 싶다는 게 우리 속마음이다. 당선 문턱에서 멈춘 두 예비 시인께도 아낌 없는 박수를 드린다.

심사위원_ 장석주·김기택

나의 마을이 설원이 되는 동안

이예진

1998년 경기도 하남 출생
명지대학교 문예창작과 석사과정 재학 중
2023년 『한국일보 신춘문예』 시 부문 당선

pinkwassabi@naver.com

나의 마을이 설원이 되는 동안

금값이 올랐다
언니는 손금을 팔러갔다

엄마랑 아빠는 이제부터 따로 살 거란다

내가 어릴 때, 동화를 쓴 적이 있다 내가 언니의 숙제를 찢으면서 시작되는 이야기다 언니도 화가 나서 엄마의 가계부를 찢었고 엄마는 아빠의 신문을 찢고 아빠는 달력을 찢다가, 온 세상에 찢어진 종이가 눈처럼 펄펄 내리며 끝난다

손금이 사라진 사람들이 어디로 갔는지 아무도 말해주지 않았다 집에 남고 싶은 것은 정말로 나 하나뿐일까? 언니의 이야기는 여기까지다

더는 찢을 것이 없었다 눈이 쌓이고 금값이 오르고 검은 외투를 꽁꽁 여민 사람들이 거리를 쏘아 다녔다

엄마는 결국 한 돈짜리 목걸이를 한 애인을 따라갔지 아

빠는 한 달에 한 번 서울에 오겠다고 했다

　따로 따로 떨어지는 눈과
　따로 노는 낡고 지친 눈빛을

　집이 사라지고 방향이 생겼다

목제

운동화를 뒤집어 모래알을 털어냈다 작고 섬세한 것이
흩날렸다 오랜 기간 동안 가루는 사포질 이후의 나무에서
떨어지는 거라고 생각했거든

나는 목수의 딸인 것이 싫었다
입안이 꺼끌꺼끌해지도록 웃었지

아버지는 화가 나면 사포질을 하곤 했다
방문을 열고 들어가면
그가 만든 가구들이 두 눈을 치켜뜨고 나를 다그쳤다

나는 심장이 벌렁대지 않도록 가슴에 못을 박았다
밖에서 쓸모를 기다리는 나무들이 우우 울었다

사포질을 그만 둬
문지르면 소름이 돋는 팔처럼
소름을 문질러 지우는 손처럼
문지르고 있으면 뭐가 닳았는지 모를 것 같거든

살던 집에 불을 붙이는 건 어떤 마음일까

집은 작년에 불타서 없어졌다 뼈가 부러진 가을이었는
데

고함을 지르면 사라지는 건 목이야

매일 새 집의 도안을 들여다봤지만

내가 살 수 있는 곳은 없었다

구름을 등지고 걸어갈수록

나무에 쇠가 박히는 소음은 점점 커졌다

검은머리 영혼들

합창단에선 트라이앵글을 연주했어
손으로 잡으면 떨림이 멈추는
차가운 악기를

내게 남은 것은
트라이앵글에 대한 기억

눈앞에는 호수가 펼쳐져있다
호수의 바닥에
주인 없는 몇 백 구의 몸이 누워있다고

짙은 녹색의 호수는 각도에 따라 검은 사막처럼도 보
였다
천천히 물속으로 들어갔다
발목이었던 곳과
무릎이었던 곳이 검게 새카맣게 물들어가고

무언가 잘못되었다는 걸 느낄 수 있다
내게는 신체와 감각은 없지만

이것이 공포라는 것

혹은 따뜻했던 피일지도 모른다는 것

온 이빨들이 추운 소리를 내면서

호수 밑에선

거대한 울림이 있는 거 같은데

물이 흔들리는 것인지

나의 새카만 마음과

내가 쥐고 있던

맑은 소리를 내는 악기가

떨고 있는 것일까

이 컴컴한 물 밑에는

미래의 신체가 될지는 몸뚱이들이 누워서

기억을 되짚어봐

무엇이 나를 온전히 죽지 못하고 떠돌게 만들었을까

먼 과거에 누가
트라이앵글로도 따라할 수 없는 소리를
내도록 만들었을까

"소화되지 않는 '선천적 슬픔', 그것들이 있어 펜을 듭니다"

글을 쓰면서 이 순간이 오길 기대했는데, 막상 때가 되니 어떤 말도 서툴고 어색한 것 같습니다. 시를 쓰는 이유에 대해 고민한 지 수년이 지났습니다. 저는 한글날에 태어났으며 돌잡이로는 연필을 잡았습니다. 그게 제가 시를 쓰는 이유가 될 수 있을지 여전히 모르겠습니다. 그동안 지웠다 쓴 문장들이 쌓여서 집을 세우고 가족을 만들고 사람이 되는 과정은 즐겁기도 괴롭기도 했습니다. 여러 사건들이 있었고 그걸 해결하기 위해 버둥대는 저와, 우리가 있었습니다.

나의 언니들 중 한 명은 저를 선천적 슬픔이라고 부릅니다. 아직도 몸 안에 소화되지 않는 것들이 있어서 펜을 잡는 것 같습니다. 하루는 꿈에서도 시를 썼습니다. 일어나서 그 문장이 날아갈까 봐 비몽사몽 옮겼습니다. 그날 카페에 앉아 있는데 저만 멈춰 있는 것 같았습니다. 문학을 계속하고 싶은 마음이 언젠가 현실에 잡아먹힐까 봐 두려웠습니다.

혼자서만 이 자리까지 온 것은 아니라고 생각합니다. 이

소식을 듣게 될 때까지 도와주었던 수많은 사람들이 있어 오늘이 있는 것 같습니다. 많은 이름들이 생각나서 하나씩 호명해 봅니다. 저를 위해 적금도 들자고 약속한 두 언니, 재진과 미도, 김박예란과 친구들(다래 선주 길란) 지윤 나은 서영 유경 수많은 언니들이 있어서 지금의 선천적 슬픔을 견딜 수 있는 것 같습니다. 함께 쓰던 태의와 산하 세실, 든든한 나의 꼬맹이들 다윤 유현 현경 나연 채영 수은 그리고 니은 받침이 즐거운 여자들 은진 세륜 윤진 민선 은영 우리 오래도록 쓰자, 애정하는 호짜 식구들, 9월의 예버덩 식구들, 대학원 친구들과 9기 콩자반 아이들, 도운과 현영 하령 덕분에 계속 나아갈 수 있었습니다. 그리고 사랑하는 찬, 내가 너의 방공호가 되어줄게.

영원한 애제자가 되고 싶은 영미와 하린, 어렸던 저를 단단하게 만들어주셔서 감사합니다. 저조차도 저를 믿지 못할 때 끝까지 확신을 준 동생 현정이와 하정이. 너희들의 언니라서 기뻐, 계속 쓸 수 있도록 도와주신 우숙과 재현에도 감사합니다.

마지막으로 박상수 선생님, 남진우 선생님, 편혜영 선생님, 신수정 선생님, 안주철 선생님, 김언 선생님, 양근애 선생님 이영주 선생님께 감사드립니다. 또 저에게 새로운 길을 열어주신 심사위원분들에게도 감사를 드립니다. 앞으로도 계속 나아가겠습니다. 감사합니다.

"담담하게 펼친 일상의 세목들로, 가계·욕망·폭력의 민낯을 기록하다"

새로운 시인의 작품과 대면하게 되는 순간이면 으레 의심을 품게 된다. 이 의심의 방향은 작품과 시인이 아니라 이것을 대하는 스스로를 향한다. 이제껏 내가 시라고 여겨 왔던 것들을 되짚어보고 추궁하는 것이다. 불안과 함께 하지만 그렇다고 안도를 바라는 일은 아니다. 늘 내가 가진 관점이 보기 좋게 깨지기를, 그리하여 아프게 갱신되기를 원한다. 물론 이 모든 일은 함께 쓰는 이가 아니라 함께 읽는 이로서 이뤄지는 것이다. 이번 심사에 임하는 위원 모두가 이러한 마음이었다.

'나의 마을이 설원이 되는 동안' 외 4편을 투고한 이예진씨를 2023년 한국일보 신춘문예 당선자로 정한다. 시인의 언어는 선명하고 정직하다. 자신이 책임질 수 있는 진술들을 차곡차곡 쌓아 어느새 의무도 당위도 필요 없는 자유로운 세계를 만들어낸다. 아울러 시인은 파편화된 삶의 장면들을 그러모아 큰 서사를 만들어내는 데 능숙하다. 불필요한 제스처 없이 일상의 세목들을 담담하게 펼쳐내면서도 그 안에 가계와 욕망과 폭력 같은 유구한 것들의 민

낮을 기록한다.

시인이 창출해내는 이미지 역시 괄목할 만한 것이었다. 사유와 관념을 단단히 비끄러매면서도 일순간 낯선 세계의 이면을 보여주는 지점들이 인상적이었다. 부디 앞으로도 사유와 언어, 서사와 이미지 사이를 마음껏 횡보하며 시작(詩作)해주기를 당선자께 바란다. 진정한 문학적 자유로움과 균형감이란 조심스레 살피며 걷는 일이 아닌 어떤 극단까지 나아갔다 돌아오는 길에 얻어낼 수 있는 것이니까.

시와 문학은 현실을 위해 존재하지 않는다. 순하게 응하는 법이 없다는 것이다. 그렇다고 반하는 일에만 복무하는 것도 아니다. 다만 살아가며 여전히 읽고 쓰는 일만 우리에게 남을 것이다. 낙선한 분들에게 마음을 다해 위로를 전하고 싶다. 아직 말해지지 않은 시와 살아낼 시간들을 열렬히 응원하는 마음도 함께.

우리는 또 어떤 새로운 시간을 마주하게 될까. 불안전하고 불완전한 세계에서 얼마나 많은 의심을 품어야 할까. 그러면서도 어떤 온전한 미감에 깨어지지 않을 삶을 기대야 하겠지. '신춘문예'. 계절만 벌써 새봄이다.

심사위원_ 이수명·김민정·박준(대표 집필)

2023
신춘문예
당선시집

시조

새들도 허공에서 날개를 접는다

김미경

1966년 대구 출생
이화여대 사범대 졸업. 대구교육대 문예창작스토리텔링학과 석사
2023년 『동아일보 신춘문예』 시조 부문 당선

ohlau@naver.com

새들도 허공에서 날개를 접는다

새들도
날아가다
날개를 접는다

어느 방향 어느 가지 붉은 발목 쉬어갈지

허공에
숨을 매단 채
날개 잠시 접는다

가다가
쉬어가도
멈추지를 않는다

부러진 발톱일랑 비바람에 뿌려주고

바람이
떠미는 대로
중심 죄어 다잡는다

들메끈 동여매고
드높이 치솟다가

길에서 길을 얻는 눈 밝은 새가 되어

아득한
고요 속으로
귀를 접고 떠간다

여백의 미

콕 집어 말해야만 알 수가 있던가요
때로는 아, 한 마디 심금을 울리지요

그믐밤
캄캄한 하늘
개밥바라기 같은 것

별의별 채색 외려 그림에 멀어지듯
점 하나만 둘까 봐요, 촘촘한 행간에

배좁은
늑골의 언어
징검다리 건너게요

어느 시인의 말

그녀의 가슴 속 번역 칩을 심은 게다
촘촘한 씨줄 날줄 일상을 직조하면
심심한 하루를 게워 바람 무늬 잣는다

아마도 그녀 심장 두근새가 사는 게다
휘장 두른 텅 빈 막장 생명을 불어넣는
마술사 유리구슬 같은 눈동자가 두근댄다

어둠을 밟고 오는 그녀의 말 받아 적다
하얗게 파닥이는 은유의 부신 깃털
문장이 쏟아져 내린다 시조새 날아간다

접은 날개 다시 편 새처럼…
더 낮은 자세로 행간속을 날고 싶어

저 한 마리 새처럼 바람의 말씀에도 귀 기울이렵니다.

이른 아침, 까치가 요란스레 울었습니다. 햇살처럼 퍼지는 까치 울음과 함께 반가운 소식이 문득 날아들었습니다. 아마도 구름 위를 나는 기분이 이렇지 않을까요.

그날의 기억이 떠오릅니다.

창공을 훨훨 날던 새가 갑자기 날개를 접었습니다. 푸른 바닷속을 유영하듯 둥둥 떠 있던 새는 조용히 나뭇가지 위로 내려앉았습니다. 새는 더 바짝 바람의 말씀에 귀를 열고 있었습니다. 잠시 후 다시금 방향을 잡은 새는 날개를 힘차게 휘저으며 하늘 높이 날아올랐습니다.

길 위에서 종종 길을 잃곤 했습니다.

날마다 짓찧는 나의 어깨는 더욱 좁아질 뿐이었습니다. 발버둥 칠수록 시조의 길은 멀어지기만 했습니다. 성급한 날갯짓에 떠밀려간 고요는 미처 읽지도 못했습니다. 그 새

가 일러주었습니다. 고요 속에도 귀를 열면 바람의 길을
볼 수 있다고요. 허공에도 길이 있듯, 행간에도 길이 있다
고요.

이제야 길이 보이는 듯합니다.

새로운 세계의 문을 여는 것만큼 가슴 설레는 일이 또
있을까요. 저에게 기꺼이 드높은 시조의 문을 열어주신 동
아일보사와 심사위원님께 고개 숙여 감사의 말씀을 드립
니다. 더욱 정진하겠습니다. 더욱 낮은 자세로 깊은 행간
속을 날겠습니다. 더 큰 나래를 펼치는 시조새가 되겠습니
다. 감사합니다.

출구를 잃어버린
인간들에게 보내는 '담담한 메시지'

　신춘문예는 내일의 문인을 찾는 의미 있는 축제다. 이 축제로 새로운 스타를 발굴하기도 하고, 무기력한 기성 문단이 자각하고 성찰하는 계기를 얻기도 한다. 모순과 파행으로 치닫는 현실을 비판하는 벼락같은 언어나 신음하는 시대를 치유하고자 하는 꿈을 읽기도 한다. 그래서 심사는 언제나 흥미로우면서도 마음 한 편이 무겁고 두려운 일이기도 하다. 풋풋하면서도 남다른 시적 상상력과 개성 넘치는 작품을 찾아내어 독자의 기대를 충족시킬 수 있어야 하는 책무가 따르기 때문이다.

　올해의 응모 작품은 대체로 평이한 수준이었다. 실험적인 작품도 특별히 보이지 않았고 가열한 시대정신도 눈에 띄지 않았다. 소소한 일상을 그린 작품이 대부분이었다. 그 가운데 마지막까지 선자들의 손에 남아 있었던 작품은 '물론' '알타리 김치' '참새와 탱자나무' '새들도 허공에서 날개를 접는다'였다. 일상의 단면을 재미있게 그리고 있는 작품, 동화처럼 아름다운 사랑을 노래하고 있는 작품이 앞의 세 작품이었다. '물론'과 '알타리 김치'는 기법과 내용

면에서 신인의 작품이라기보다는 노숙한 스타일의 노래일 뿐 아니라 시대적 울림이 부족하다고 판단됐다. '참새와 탱자나무'는 스케일이 좁고 개성 면에서 다소 무표정했다. 그런 점이 보완된다면 당선권에 충분히 들 수 있는 좋은 작품들이었다.

올해의 영광은 '새들도 허공에서 날개를 접는다'에 돌아갔다. 이 작품은 야단스러운 수사도 특별한 기교도 안 보이지만 출구를 잃어버린 현실 속에서 우리가 모색하고 추구해야 하는 응전의 메시지와 시적 미학이 담겨 있다고 봤다.

심사위원_ 이근배·이우걸 시조시인

도배를 하면서

권영하

경북 영주 출생
경북 점촌중학교 재직 중
2012년 『한국교육신문』 수기 당선
2019년 『부산일보 신춘문예』 시 부분 당선
2020년 『강원일보 신춘문예』 동시 부분 당선
2023년 『서울신문 신춘문예』 시조 부문 당선

almom7@hanmail.net

도배를 하면서

악착같이 붙어 있는 낡은 벽을 뜯어내고
벽지를 살살 풀어 재단해 붙여보면
꽃들은 뿌리내리며
벽에서 피어난다

때 묻고 해진 곳에 꽃밭을 만들려고
온몸에 풀을 발라 애면글면 오른다
흉터를 몰래 감싸고
생채기를 보듬으며

직벽도 척추 없이 단번에 기어올라
천장에 땀 흘리며 거꾸로 매달려도
서로를 응원하면서
깍지 끼고 버틴다

보일러를 높이거나 햇빛살 들이거나
실바람 끌어다가 방 안에 풀지 않아도
팽팽히 힘줄을 당겨
꽃동산을 만든다

호박(琥珀) 속의 모기

호박 속에 날아든 지질시대 모기 한놈
목숨은 굳어졌고 비명도 갇혀 있다
박제된 시간에 갇혀
강울음도 딱딱하다

멈추는 게 비행보다 힘드는 모양이다
접지 못한 양날개, 부릅뜬 절규의 눈
온몸에 깁스한 관절
마디마디 욱신댄다

은밀히 펌프질로 흡혈할 때 달콤했다
빠알간 식욕과 힘, 그대로 몸에 박고
담황색 심연 속에서
몇 만년을 날았을까

전시관에 불을 끄면 허기가 생각나서
호박 속의 모기는 이륙할지 모르겠다
살문향(殺蚊香) 피어오르는
도심을 공격하러

숨비소리

바다에서 점들이 볼쏙볼쏙 솟아난다
하얗고 푸른 소리 가쁘게 토해내며
하늘로 흑고래처럼
숨분수를 뿜는다

해종일 뱅글뱅글 테왁을 맴돌고
물질이 깊을수록 망사리는 커져간다
파도가 점을 지워도
점들은 일어선다

고무옷에 온몸을 차곡차곡 집어넣고
숨 덩어리 부여안고 심연에 뛰어들어
푸르고 두꺼운 벽을
물갈퀴로 뚫고 간다

세상을 수경으로 환하게 밝혀가며
빗창으로 꿈을 따다 납덩이 가슴되면
그제야 장막 헤치고
수면으로 올라온다

우리는 모두 인생 써내리는 작가이자 시인

종이 울리자, 국어 교실의 문을 열고 아이들이 와르르 쏟아져 들어왔다. 새파란 웃음을 토해내며 밀물처럼 새싹들이 쏟아져 들어왔다. 어쩌면 저 새싹들이 모두 작가이고 시인이 아닐까.

수업 시간에 아이들에게 시, 시조를 쓰라고 하면, 아이들은 너무 좋아한다. 쓴 작품을 발표하라고 하면 처음에는 좀 쑥스러워하지만, 발표가 끝나면 마치 개선장군처럼 뿌듯해한다. 발표를 들으면서 일부 아이들은 까르르 까르르 배꼽 잡고 웃음을 쏟아내지만. 그렇다. 개선장군처럼 뿌듯해하고 자지러지면서 웃는 그 순수하고 맑은 얼굴들이 시의 참모습이 아닐까. 생각해 보면, 우리는 모두 인생을 살아가면서 각자 나름대로 삶을 표현해 가는 작가이고 시인이다. 운이 좋아 스무 살 때 쓴 시가 신춘문예 최종본선에 올라, 그때부터 시와 절친이 되었는데 지금까지 출렁이는 다리 위에서 그 절친과 함께 걷고 있다.

참, 이번에 작품을 한번 엄선해서 서울신문에만 투고

해 보았는데, 그만 실수로 낙타가 바늘구멍을 통과해 버린 것 같다. 이렇게 큰 행운을 주셨으니 앞으로 주위를 조금씩 살피면서 감사하는 마음으로 겸허히 살아가야겠다. 살아온 것보다 좀 뜨겁게 살아가라는 채찍으로 알고 좀 더 뜨겁게 살아야겠다.

마지막으로 부족한 작품을 당선작으로 뽑아 주신 심사위원님, 정말 고맙습니다. 그리고 점촌중 선생님들과 학생들, 우리 가족 정영숙 선생님과 예진에게도 감사를 드립니다. 대학 다닐 때부터 나를 믿어 준 백승한 형님과 성덕이, 대학 후배님들, 대학원 동기님들, 맑은 마음회, 문경문협 회원님들도 모두 고맙습니다.

이데아와 일상의 만남…
일상 빚내는 육체적 언어

'신춘문예답다'를 생각하게 된다. 당선작 '도배를 하면서', 이데아와 일상이 서로 위상을 겨루던 시대는 지났음을 반증한다. 개인의 삶에 다가간 현상학 속에서 관념을 언어로 육체화하였다. 지금 시대를 그리면서, 멋진 고전들이 그렇듯, 앞으로 남을 이야기성이다. 충만한 필력으로 내용의 벽면 윤곽과 시조 형식의 정형성을 어울리게 만듦이 정교하다. 생의 이미지와 문학적인 상징이 편직되어 감응에 닿는다.

당선권으로 주시를 받은 '진달래역' 시편이 있다. 꽃은 물질이면서 추상처럼 홀리는 피조물로 시 문학 속성을 닮았다. 시인은 낙화조차 개화로 비약시키는 존재여야 하며 그 사유의 동력을 보여 주었다. 더하여 당선권에 든 '어떤 단역 배우', 사물의 은닉된 창의를 다면적으로 구현해 내었다. 객체와 그것을 묘사하는 낱말의 뉘앙스를 감각적으로 호응시킨 솜씨가 돋보인다. 텍스트에 덧입힌 어휘의 텍스처로 자아낸 입체가 놓여 있다.

신춘문예. 신춘이며, 문예이다. 당선을 위하여 계산적으로 쓰는 기교가 아니다. 문학에의 정성이 아닌, 당선에의 공식이 있는 것처럼 엇비슷하게 써 낸 시편이 많았다. 작법 어투와 테제의 재료가 유사하다. 문체는 세계관으로부터 나온다. 작가라면 그만의 시선이 있어야 한다.

달라진 시대정신과 개인 감성에 닿아야 현대 문학이다. 곁들여 서정과 참여로 전통과 현대를 나눠 왔던, 시조 장르의 타성을 혁신해야 한다. 시조에서 운율은 왈츠, 힙합의 랩, 응원 박수 그렇게 본능이 친밀하게 느끼는 리듬이다. 그 위에서 결구의 힘과 여운이 근사한 시로 가다듬어야 한다.

사랑조차 자극되지 않는 삶에 시는 귀하다. 신춘문예로 만난 문학의 새로운 연인들을 기쁘게 바라본다.

심사위원_ 한분순·이근배

■ 조선일보 | 시조

백련의 기억

유진수

1996년 서울출생
경희대 국문과 졸업. 동 대학원 국문과 석사과정 수료
2023년 『조선일보 신춘문예』 시조 부문 당선

jinsooyou1996@daum.net

백련의 기억

봄날 햇살 아래 눈문처럼 쏟은 말들,
천천히 번져가다 물비늘처럼 글썽인다.
희미한 표정만 남긴 채 수척해진 문장들.

수런대던 그때로 하염없이 돌아가서
두어 대 솟은 꽃순 차랑차랑 만난다면,
밝고도 환한 눈길로 글을 다시 쓰리다.

흰 빛깔 떨군 꽃이 하늘로 돌아간 후,
뜨락에 젖어 있던 별빛 같은 글자들이
눈부신 백련의 말씀으로 살아나던 그 순간.

꽃대 끝 하늘연못

꽃잎처럼 가볍게 옛날을 추억하듯
떠나간 사람들과 잊혀진 사람들이
진흙 속 연한 꽃으로 돋아나면 좋겠다.

연등 켜고 마중 나올 사람이 없을 때는
몇 포기 저녁별 타고 이듬해쯤 만나자고
바람의 손잡이 쥔 채 흔들리는 음계(音階)들.

어둑한 밤 심장 소리 귓가에 잦아들 때
연줄을 당기듯이 그 꽃들을 끌어다가
저 하늘 터오는 빛 속으로 한 걸음씩 가리라.

연못이 그려놓은 나이테를 지나서
창문처럼 투명한 연꽃 속을 들어가면
보인다, 꽃대 끝에서 열리는 하늘연못.

참새와 탱자나무

가시를 접었더니 참새들이 날아왔다.
너를 찾아 나서는데 그네들이 돌아왔다.
울타리 훌쩍 넘어서 새소리가 들려왔다.

그 순간 네 목소리도 따라서 얹혀왔다.
너를 향해 떠나려던 마음의 안쪽에서
오래된 기다림만이 탱자나무로 살아났다.

글썽이며 번져가던 눈물 어린 목소리
너 떠난 후 찰랑찰랑 울리며 퍼져 가면
비로소 가시를 편 채 내 사랑을 품어준 것.

끝없이 끼적이고 고쳤다
드디어 한 걸음 나아갔다

　어릴 때부터 문학이라는 녀석과의 많은 접촉은 나에게 제법 큰 여운을 주었고, 어느 날 나는 시를 써보고 싶다는 생각이 들었다. 아무것도 모르는 채 버스 창가에 앉아 휴대전화에 적어댔던 단어들과 문장들을 바라보면서, 보이지 않는 미래에 대해 번뇌하였다. 하지만 새로움을 써가는 일은 언제나 나를 설레게 했고, 나는 어느새 나의 세계를 구축해가기 시작하였다.

　대학 진학 후 창작을 포기하지 않고 계속 노력하였다. 끝없이 걷고 끼적이고 고치고 읽어보았다. 손을 뻗어 만져보고 멀리 떨어진 거리에서 바라보기도 했다. 어느새 그 시간 안에는 많은 글자와 소리가 모여 있었고, 그것들은 나를 계속 앞으로 걸어가게 해주었다. 그리고 나의 세계는 2023년 1월, 이렇게 '시조'라는 옷을 입고 세상으로 한 걸음 나아갔다.

　문학적 피를 물려주신 부모님과 형, 가르쳐주신 은사님, 웃고 울며 함께 공부한 선후배들, 부족한 작품을 뽑아주신 선생님께 깊은 감사의 인사를 올린다.

참신한 비유, 묘사의 정제…
'백련'을 새롭게 느끼게 해

긴 입마개 시절을 뚫고 온 응모작들 앞에 문학의 일이 새삼 짚인다. 팬데믹에 가중된 현실적 압박들이 쓰기의 궁리를 더 다양하게 불러낸 듯하다. 그런 고투의 발화들 중에도 자신만의 시적 발명을 펼쳐갈 법한 확장 가능성에 비중을 두며 응모작들을 거듭 읽었다.

고심 끝에 가려낸 당선작은 '백련의 기억'이다. 마지막까지 남은 것은 '회색인' '석류가 비명을 지를 때' 'MBTI' '신림역에서' '바람의 일' 등이었다. '회색인'은 현대 도시인의 일상 속 실존 탐색이, '석류가 비명을 지를 때'는 당대의 외곽과 소외를 읽는 문제의식이, 'MBTI'는 청춘들의 현실과 정형의 조화가, '신림역에서'는 지금 이곳의 실상 묘사가, '바람의 일'은 소소한 발견을 여미는 보법이 돋보였다. 하지만 동봉한 작품들을 다시 읽는 동안 엇비슷한 인식이나 발상 그리고 진술의 과잉 같은 면들이 걸렸다. 다른 작품에서도 정형성의 구조화를 균질감 있게 보여준 '백련의 기억'이 살아남게 된 연유다.

‘백련의 기억’은 명징한 이미지와 묘사의 정제가 오롯하다. 참신한 비유들은 ‘백련’이라는 낯익은 대상에도 단아한 새로움을 발생시킨다. ‘희미한 표정만 남긴 채 수척해진 문장들’에 아취와 생기를 부여하는 힘이다. 정형의 전제인 구(句)와 장(章)을 네 마디 율로 아우르는 정공법에 충실한 운용임에도 환한 생기와 여운을 일으킨다. ‘꽃순’에서 ‘차랑차랑’ 나아가는 노래의 감응으로 ‘백련’의 눈부심을 더 오붓이 열었다. 다만 너무 익은 서정의 느낌은 오늘의 감각으로 쇄신해가길, 바람을 덧붙인다.

　유진수씨의 당선을 축하한다. 아울러 응모자들의 새로운 시적 영토의 확장을 기대한다.

심사위원_ 정수자 시조시인

시 : 박선민 황정희 권승섭 김혜린
민소연 이진우 이예진
시조 : 김미경 권영하 유진수

2023
신춘문예 당선시집

초판 1쇄 인쇄 2023년 7월 25일
초판 1쇄 발행 2023년 8월 15일

지은이 박선민 외
펴낸이 김정동
편집 김승현
디자인 최진영
홍보 김혜자
마케팅 최관호

펴낸 곳 서교출판사
주소 서울시 마포구 성지길(합정동) 25-20 덕준빌딩 2F
전화 02 3142 1471(대)
팩스 02 6499 1471
이메일 seokyobook@gmail.com
블로그 http://blog.naver.com/seokyobooks
홈페이지 http://seokyobook.com
페이스북 @seokyobooks **ㅣ 인스타그램** @seokyobooks
ISBN 978-89-85392-00-6 03810

문학마을은 독자 여러분의 투고를 기다리고 있습니다. 시, 소설, 에세이 등 관련원고가 있으신 분은
seokyobook@gmail.com으로 간략한 개요와 취지 등을 보내주세요. 출판의 길이 열립니다.